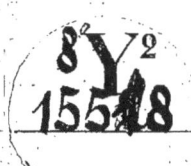

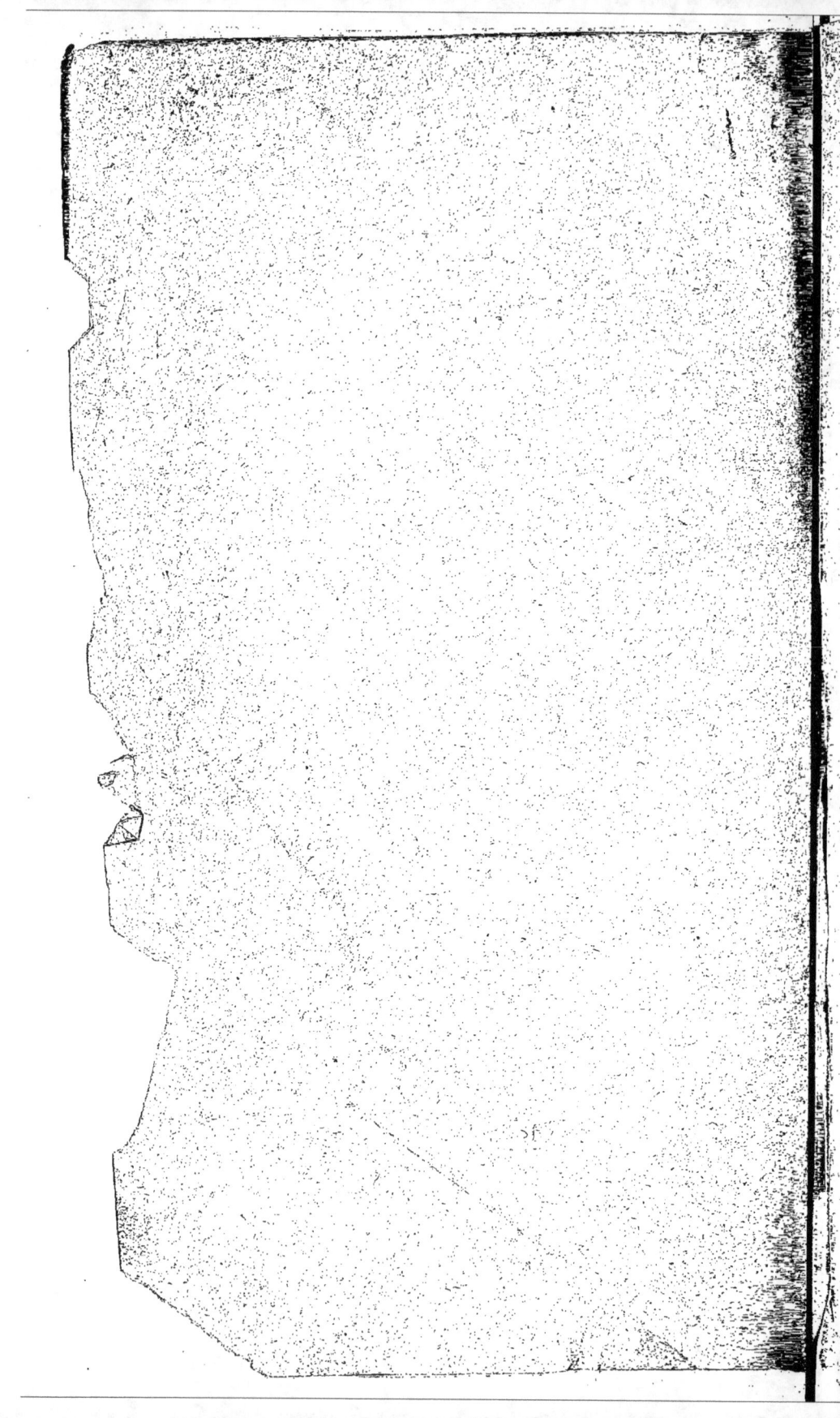

HISTOIRE D'UN PÊCHEUR

5ᵉ SÉRIE IN-12.

CONTE DES MILLE ET UNE NUITS

HISTOIRE

D'UN

PÊCHEUR

TRADUCTION DE GALLAND.

LIMOGES

EUGÈNE ARDANT ET Cⁱᵉ, ÉDITEURS

CONTES

DES

MILLE ET UNE NUITS

HISTOIRE DU PÊCHEUR.

Il y avait autrefois un pêcheur fort âgé, et si
pauvre, qu'à peine pouvait-il gagner de quoi
faire subsister sa femme et trois enfants dont sa
famille était composée. Il allait tous les jours à
la pêche de grand matin, et chaque jour il s'était
fait une loi de ne jeter ses filets que quatre fois
seulement.

Il partit un matin au clair de la lune, et se rendit au bord de la mer. Il se déshabilla et jeta ses
filets, et comme il les tirait vers le rivage, il
sentit d'abord de la résistance. Il crut avait fait
une bonne pêche, et s'en réjouissait déjà en lui-
même; mais un moment après, s'apercevant qu'au

lieu de poisson il n'y avait dans ses filets que la carcasse d'un âne, il en eut beaucoup de chagrin.

Quand le pêcheur affligé d'avoir fait une si mauvaise pêche eut raccommodé ses filets que la carcasse de l'âne avait rompus en plusieurs endroits, il les jeta une seconde fois. En les tirant il sentit encore beaucoup de résistance, ce qui lui fit croire qu'ils étaient remplis de poissons; mais il n'y trouva qu'un grand panier rempli de gravier et de fange. Il en fut dans une extrême affliction. « O Fortune! s'écria-t-il d'une voix pitoyable, cesse d'être en colère contre moi, et ne persécute point un malheureux qui te prie de l'épargner! Je suis parti de ma maison pour venir ici chercher ma vie, et tu m'annonces ma mort! Je n'ai pas d'autre métier que celui-ci pour subsister, et malgré les soins que j'y apporte je puis à peine fournir aux plus pressants besoins de ma famille. Mais j'ai tort de me plaindre de toi; tu prends plaisir à maltraiter les honnêtes gens et à laisser les grands hommes dans l'obscurité, tandis que tu favorises les méchants et que tu élèves ceux qui n'ont aucune vertu qui les rende recommandables. »

En achevant ces plaintes, il jeta brusquement le panier, et après avoir bien lavé ses filets que

la fange avait gâtés, il les jeta pour la troisième
fois; mais il n'amena que des pierres, des co-
quilles et de l'ordure. On ne saurait expliquer
quel fut son désespoir : peu s'en fallut qu'il ne
perdit l'esprit. Cependant, comme le jour commençait à paraître, il n'oublia pas de faire sa
prière en bon musulman; ensuite il ajouta celle-ci :
« Seigneur, vous savez que je ne jette mes filets
 » que quatre fois chaque jour; je les ai déjà
 » jetés trois fois sans avoir tiré le moindre fruit
 » de mon travail; il ne m'en reste plus qu'une :
 » je vous supplie de me rendre la mer favorable,
 » comme vous l'avez rendue à Moïse. »

Le pêcheur, ayant fini cette prière, jeta ses
filets pour la quatrième fois. Quand il jugea qu'il
devait y avoir du poisson, il le tira comme auparavant avec assez de peine. Il n'y en avait pas
pourtant; mais il y trouva un vase de cuivre
jaune qui, à sa pesanteur, lui parut plein de quel
que chose; et il remarqua qu'il était fermé et scellé
de plomb, avec l'empreinte d'un sceau. Cela le
réjouit. « Je le vendrai au fondeur, disait-il, et
de l'argent que j'en ferai, j'en achèterai une
mesure de blé. »

Il examina le vase de tous côtés, il le secoua
pour voir si ce qui était dedans ne ferait pas de
bruit. Il n'entendit rien; et cette circonstance,

avec l'empreinte du sceau sur le couvercle de
plomb, lui fit penser qu'il devait être rempli de
quelque chose de précieux. Pour s'en éclaircir, il
prit son couteau, et, avec un peu de peine, il
l'ouvrit. Il en pencha aussitôt l'ouverture contre
erre, mais il n'en sortit rien, ce qui le surprit
extrêmement. Il le posa devant lui, et pendant
qu'il le considérait attentivement, il en sortit une
fumée fort épaisse qui l'obligea de reculer de
deux ou trois pas en arrière.

Cette fumée s'éleva jusqu'aux nues, et, s'éten-
dant sur la mer et sur le rivage, forma un gros
brouillard : spectacle qui causa, comme on peut
se l'imaginer, un étonnement extraordinaire au
pêcheur. Lorsque toute la fumée fut hors du vase.
elle se réunit et devint un corps solide dont il se
forma un génie deux fois aussi haut que le plus
grand des géants. A l'aspect d'un monstre d'une
grandeur si démesurée, le pêcheur voulut prendre
la fuite; mais il se trouva si troublé et si effrayé
qu'il ne put marcher.

« Salomon, s'écria d'abord le génie, Salomon,
grand prophète de Dieu, pardon, pardon, jamais
je ne m'opposerai à vos volontés; j'obéirai à tous
vos commandements. »

Le pêcheur n'eut pas sitôt entendu les paroles
que le génie avait prononcées, qu'il se rassura et

lui dit : « Esprit superbe, que dites-vous? Il y a
plus de dix-huit cents ans que Salomon, le prophète de Dieu, est mort, et nous sommes présentement à la fin des siècles. Apprenez-moi votre
histoire, et pour quel sujet vous étiez renfermé
dans ce vase. »

A ce discours, le génie, regardant le pêcheur
d'un air fier, lui répondit : « Parle-moi plus
civilement ; tu es bien hardi de m'appeler esprit
superbe. — Eh bien! repartit le pêcheur, vous
parlerai-je avec plus de civilité en vous appelant
hibou du bonheur? — Je te dis, repartit le génie,
de me parler plus civilement avant que je te tue.
— Eh! pourquoi me tueriez-vous? répliqua le
pêcheur. Je viens de vous mettre en liberté,
l'avez-vous déjà oublié? — Non, je m'en souviens,
repartit le génie; mais cela ne m'empêchera pas
de te faire mourir; et je n'ai qu'une seule
grâce à t'accorder. — Et quelle est cette grâce?
dit le pêcheur. — C'est, répondit le génie, de te
laisser choisir de quelle manière tu veux que je
te tue. — Mais en quoi vous ai-je offensé? reprit
le pêcheur. Est-ce ainsi que vous voulez me ré-
compenser du bien que je vous ai fait? — Je ne
puis te traiter autrement, dit le génie; et afin
que tu en sois persuadé, écoute mon histoire :

« Je suis un de ces esprits rebelles qui se

sont opposés à la volonté de Dieu. Tous les autres
génies reconnurent le grand Salomon, prophète
de Dieu, et se soumirent à lui. Nous fûmes les
seuls, Sacar et moi, qui ne voulûmes pas faire
cette bassesse. Pour s'en venger, ce puissant
monarque chargea Assaf, fils de Basakhia, son
premier ministre, de me venir prendre. Cela fut
exécuté. Assaf vint se saisir de ma personne et me
mena malgré moi devant le trône du roi son
maître. Salomon, fils de David, me commanda de
quitter mon genre de vie, de reconnaître son
pouvoir, et de me soumettre à ses commandements. Je refusai hautement de lui obéir, et j'aimai
mieux m'exposer à tout son ressentiment que de
lui prêter le serment de fidélité et de soumission
qu'il exigeait de moi. Pour me punir, il m'enferma
dans ce vase de cuivre : et afin de s'assurer de
moi, et que je ne pusse pas forcer ma prison,
il imprima lui-même sur le couvercle de plomb,
son sceau, où le grand nom de Dieu était
gravé. Cela fait, il mit le vase entre les mains
d'un des génies qui lui obéissaient, avec ordre
de me jeter à la mer, ce qui fut exécuté à mon
grand regret. Durant le premier siècle de ma
prison, je jurai que si quelqu'un m'en délivrait
avant les cent ans achevés, je le rendrais riche,
même après sa mort ; mais le siècle s'écoula, et

personne ne me rendit ce bon office. Pendant le
second siècle, je fis serment d'ouvrir tous les
trésors de la terre à quiconque me mettrait en
liberté; mais je ne fus pas plus heureux. Dans
le troisième, je promis de faire puissant monarque
mon libérateur, d'être toujours près de lui en
esprit, et de lui accorder chaque jour trois
demandes de quelque nature qu'elles pussent
être; mais ce siècle se passa comme les deux
autres, et je demeurai toujours dans le même
état. Enfin, désolé, ou plutôt enragé de me voir
prisonnier si longtemps, je jurai que si quelqu'un me délivrait dans la suite, je le tuerais
impitoyablement, et ne lui accorderais point d'autre grâce que de lui laisser le choix du genre
de mort dont il voudrait que je le fisse mourir :
c'est pourquoi, puisque tu es venu ici aujourd'hui,
et que tu m'as délivré, choisis comment tu veux
que je te tue. »

Ce discours affligea fort le pêcheur. « Je suis
bien malheureux, s'écria-t-il, d'être venu en cet
endroit rendre un si grand service à un ingrat.
Considérez, de grâce, votre injustice, et révo-
quez un serment si peu raisonnable. Pardonnez-
moi, Dieu vous pardonnera de même ; si vous me
donnez généreusement la vie, il vous mettra à
couvert de tous les complots qui se formeront

contre vos jours. — Non, ta mort est certaine, dit
le génie; choisis seulement de quelle sorte tu veux
que je te fasse mourir. » Le pêcheur, le voyant
dans la résolution de le tuer, en eut une douleur
extrême, non pas tant pour l'amour de lui qu'à
cause de ses trois enfants dont il plaignait la
misère où ils allaient être réduits par sa mort. Il
tâcha encore d'apaiser le génie. « Hélas! reprit-
il, daignez avoir pitié de moi, en considération
de ce que j'ai fait pour vous. — Je te l'ai déjà
dit, repartit le génie, c'est justement pour cette
raison que je suis obligé de t'ôter la vie. — Cela
est étrange, répliqua le pêcheur, que vous vouliez
absolument rendre le mal pour le bien. Le pro-
verbe dit qui fait du bien à celui qui ne le mérite
pas en est toujours mal payé. Je croyais, je
l'avoue, que cela était faux : en effet, rien ne
choque davantage la raison et les droits de la
société; néanmoins j'éprouve cruellement que
cela n'est que trop véritable. — Ne perdons pas
le temps, interrompit le génie; tous tes raisonne-
ments ne sauraient me détourner de mon dessein.
Hâte-toi de dire comment tu veux que je te tue. »

La nécessité donne de l'esprit. Le pêcheur
s'avisa d'un stratagème : « Puisque je ne saurais
éviter la mort, dit-il au génie, je me soumets donc
à la volonté de Dieu; mais, avant que je choi-

sisse un genre de mort, je vous conjure par le grand nom de Dieu, qui était gravé sur le sceau du prophète Salomon, fils de David, de me dire la vérité sur une question que j'ai à vous faire. »

Quand le génie vit qu'on lui faisait une adjuration qui le contraignait de répondre positivement, il trembla en lui-même, et dit au pêcheur : « Demande-moi ce que tu voudras, et hâte-toi. »

Le pêcheur lui dit : « Je voudrais savoir si effectivement vous étiez dans ce vase : oseriez-vous en jurer par le grand nom de Dieu? — Oui, répondit le génie, je jure par ce grand nom que j'y étais; et cela est très-véritable. — En bonne foi, répliqua le pêcheur, je ne puis vous croire. Ce vase ne pourrait pas seulement contenir un de vos pieds : comment se peut-il que votre corps y ait été renfermé tout entier? — Je te jure pourtant, repartit le génie, que j'y étais tel que tu me vois. Est-ce que tu ne me crois pas, après le grand serment que je t'ai fait? — Non, vraiment, dit le pêcheur; et je ne vous croirai point, à moins que vous ne me fassiez voir la chose. »

Alors il se fit une dissolution du corps du génie, qui, se changeant en fumée, s'étendit comme auparavant sur la mer et sur le rivage, et qui, se rassemblant ensuite, commença de rentrer dans

le vase, et continua de même par une succession
lente et égale, jusqu'à ce qu'il n'en restât plus
rien au dehors. Aussitôt il en sortit une voix qui
dit au pêcheur : « Eh bien! incrédule pêcheur,
me voici dans le vase : me crois-tu présentement?

Le pêcheur, au lieu de répondre au génie, prit
le couvercle de plomb, et, ayant fermé prompte-
ment le vase : « Génie, lui cria-t-il, demande-
moi grâce à ton tour, et choisis de quelle mort
tu veux que je te fasse mourir. Mais non, il vaut
mieux que je te rejette à la mer, dans le même
endroit d'où je t'ai tiré; puis je ferai bâtir une
maison sur ce rivage, où je demeurerai, pour
avertir tous les pêcheurs qui viendront y jeter
leurs filets de bien prendre garde de repêcher un
méchant génie comme toi, qui as fait serment de
tuer celui qui te mettra en liberté. »

A ces paroles offensantes, le génie irrité fit
tous ses efforts pour sortir du vase; mais c'est ce
qui ne lui fut pas possible, car l'empreinte du
sceau du prophète Salomon, fils de David, l'en
empêchait. Ainsi, voyant que le pêcheur avait
alors l'avantage sur lui, il prit le parti de dissi-
muler sa colère. « Pêcheur, lui dit-il d'un ton
radouci, garde-toi bien de faire ce que tu dis. Ce
que j'en ai fait n'a été que par plaisanterie, et

tu ne dois pas prendre la chose sérieusement.
— O génie, répondit le pêcheur, toi qui étais, il
n'y a qu'un moment, le plus grand, et qui es à
cette heure le plus petit de tous les génies, ap-
prends que tes artificieux discours ne te servi-
ront de rien. Tu retourneras à la mer. Si tu y
as demeuré tout le temps que tu m'as dit, tu
pourras bien y demeurer jusqu'au jour du jugement. Je t'ai prié, au nom de Dieu, de ne me pas
ôter la vie, tu as rejeté mes prières : je dois te
rendre la pareille. »

Le génie n'épargna rien pour tâcher de toucher
le pêcheur. « Ouvre le vase, lui dit-il, donne-moi
la liberté, je t'en supplie, je te promets que tu
seras content de moi. — Tu n'es qu'un traître, repartit le pêcheur. Je mériterais de perdre la vie,
si j'avais l'imprudence de me fier à toi. Tu ne
manquerais pas de me traiter de la même façon
qu'un certain roi grec traita le médecin Douban.
C'est une histoire que je veux te raconter :
écoute.

HISTOIRE DU ROI GREC ET DU MÉDECIN DOUBAN.

« Il y avait au pays de Zouman, dans la Perse,
un roi dont les sujets étaient grecs originaire-

ment : ce roi était couvert de lèpre, et ses médecins, après avoir inutilement employé tous leurs
remèdes pour le guérir, ne savaient plus que lui
ordonner, lorsqu'un très-habile médecin, nommé
Douban, arriva dans sa cour.

» Ce médecin avait puisé sa science dans les
livres grecs, persans, turcs, arabes, italiens,
syriaques et hébreux ; et outre qu'il était con-
sommé dans la philosophie, il connaissait parfaitement les bonnes et mauvaises qualités de
toutes sortes de plantes et de drogues. Dès qu'il
fut informé de la maladie du roi, qu'il eut appris
que ses médecins l'avaient abandonné, il s'habilla
le plus proprement qu'il lui fut possible, et trouva
moyen de se faire présenter au roi. « Sire, lui
dit-il, je sais que tous les médecins dont Votre
Majesté s'est servie n'ont pu la guérir de sa
lèpre ; mais, si vous voulez bien me faire l'honneur d'agréer mes services, je m'engage à vous
guérir sans breuvage et sans topiques. » Le roi
écouta cette proposition. « Si vous êtes assez
habile homme, répondit-il, pour faire ce que
vous me dites, je promets de vous enrichir,
vous et votre postérité ; et, sans compter les
présents que je vous ferai, vous serez mon plus
cher favori. Vous m'assurez donc que vous m'ôte-
rez ma lèpre sans me faire prendre aucune

potion, et sans m'appliquer aucun remède exté-
rieur? — Oui, sire, repartit le médecin, je me
flatte d'y réusir, avec l'aide de Dieu, et dès demain
j'en ferai l'épreuve. »

» En effet, le médecin Douban se retira chez
lui, et fit un mail qu'il creusa en dedans, par le
manche, où il mit la drogue dont il prétendait
se servir. Cela étant fait, il prépara aussi une
boule de la manière qu'il la voulait : avec quoi
il alla le lendemain se présenter devant le roi,
et se prosternant, il baisa la terre.

» Il se leva ensuite, et après avoir fait une profonde révérence, il dit au roi qu'il jugeait à propos que Sa Majesté montât à cheval, et se rendît
à la place pour jouer au mail. Le roi fit ce qu'on
lui disait; et lorsqu'il fut dans le lieu destiné à
jouer au mail à cheval, le médecin s'approcha de
lui avec le mail qu'il avait préparé, et le lui présentant : « Tenez, sire, lui dit-il, exercez-vous
avec ce mail, en poussant cette boule avec, par
la place, jusqu'à ce que vous sentiez votre main
et votre corps en sueur. Quand le remède que
j'ai enfermé dans ce mail sera échauffé par votre
main, il vous pénétrera par tout le corps, et,
sitôt que vous suerez, vous n'aurez qu'à quitter
cet exercice; car le remède aura fait son effet.
Dès que vous serez de retour en votre palais,

vous entrerez au bain, et vous vous ferez bien
laver et frotter, vous vous coucherez ensuite; et
en vous levant demain matin, vous serez guéri. »

» Le roi prit le mail, et poussa son cheval
après la boule qu'il avait jetée. Il la frappa, et
elle lui fut renvoyée par les officiers qui
jouaient avec lui; il la refrappa, et enfin le jeu
dura si longtemps que sa main en sua, aussi bien
que tout son corps. Ainsi le remède enfermé dans
le manche du mail opéra, comme le médecin
l'avait dit. Alors le roi cessa de jouer, s'en retourna dans son palais, entra au bain, et
observa très-exactement ce qui lui avait été
prescrit. Il s'en trouva fort bien; car le lendemain, en se levant, il s'aperçut avec autant
d'étonnement que de joie que sa lèpre était guérie,
et qu'il avait le corps aussi net que s'il n'eût
jamais été attaqué de cette maladie. D'abord qu'il
fut habillé il entra dans la salle d'audience publi-
que, où il monta sur son trône, et se fit voir à
tous ses courtisans que l'empressement d'apprendre le succès du nouveau remède y avait fait
aller de bonne heure. Quand ils virent le roi parfaitement guéri, ils en firent tous paraître une
extrême joie.

» Le médecin Douban entra dans la salle, et
s'alla prosterner au pied du trône, la face contre

terre. Le roi, l'ayant aperçu, l'appela, le fit
asseoir à son côté, et le montra à l'assemblée, en
lui donnant publiquement toutes les louanges
qu'il méritait. Ce prince n'en demeura pas là :
comme il régalait ce jour-là toute sa cour, il le
fit manger à sa table seul avec lui. Il ne se contenta même pas de le recevoir à sa table : vers la
fin du jour, lorsqu'il voulut congédier l'assemblée, il le fit revêtir d'une longue robe fort riche,
et semblable à celle que portaient ordinairement
ses courtisans en sa présence; outre cela, il lui
fit donner deux mille sequins. Le lendemain et
les jours suivants, il ne cessa de le caresser.
Enfin ce prince, croyant ne pouvoir assez recon-
naitre les obligations qu'il devait à un médecin
si habile, répandait sur lui tous les jours de
nouveaux bienfaits.

» Or, ce roi avait un grand vizir qui était
avare, envieux, et naturellement capable de
toutes sortes de crimes. Il n'avait pu voir sans
peine les présents qui avaient été faits au médecin, dont le mérite d'ailleurs commençait à lui
faire ombrage : il résolut de le perdre dans
l'esprit du roi. Pour y réussir, il alla trouver ce
prince, et lui dit en particulier qu'il avait un
avis de la dernière importance à lui donner. Le
roi lui ayant demandé ce que c'était : « Sire,

lui dit-il, il est bien dangereux à un monarque
d'avoir de la confiance en un homme dont il n'a
point éprouvé la fidélité. En comblant de bienfaits le médecin Douban, en lui faisant toutes
les caresses que Votre Majesté lui fait, vous ne
savez pas que c'est un traître qui ne s'est introduit dans cette cour que pour vous assassiner. —
De qui tenez-vous ce que vous m'osez dire?
répondit le roi. Songez que c'est à moi que vous
parlez, et que vous avancez une chose que je ne
croirai pas légèrement. — Sire, répliqua le
vizir, je suis parfaitement instruit de ce que
j'ai l'honneur de vous représenter. Ne vous re-
posez donc plus sur une confiance dangereuse. Si
Votre Majesté dort, qu'elle se réveille; car enfin,
je le répète encore, le médecin Douban n'est parti
du fond de la Grèce son pays, il n'est venu s'éta-
blir dans votre cour que pour exécuter l'horrible
dessein dont j'ai parlé. — Non, non, vizir, interrompit le roi, je suis sûr que cet homme, que
vous traitez de perfide et de traître, est le plus
vertueux et le meilleur de tous les hommes; il n'y
a personne au monde que j'aime autant que lui.
Vous savez par quel remède, ou plutôt par quel
miracle il m'a guéri de ma lèpre; s'il en veut à
ma vie, pourquoi me l'a-t-il sauvée? Il n'avait
qu'à m'abandonner à mon mal; je n'en pouvais

échapper; ma vie était déjà à moitié consumée.
Cessez donc de vouloir m'inspirer d'injustes
soupçons; au lieu de les écouter, je vous avertis
que je fais dès ce jour à ce grand homme, pour
toute sa vie, une pension de mille sequins par
mois. Quand je partagerais avec lui toutes mes
richesses et mes Etats mêmes, je ne le payerais
pas assez de ce qu'il a fait pour moi. Je vois ce
que c'est, sa vertu excite votre envie; mais ne
croyez pas que je me laisse injustement prévenir
contre lui. Par l'envie que vous avez conçue
contre le médecin Douban, qui ne vous a fait
aucun mal, vous voulez que je le fasse mourir;
mais je m'en garderai bien. »

» Le pernicieux vizir était trop intéressé à la
perte du médecin Douban pour en demeurer là :
« Sire, dit-il, pourquoi faut-il que la crainte d'op-
primer l'innocence vous empêche de faire mourir
ce médecin? ne suffit-il pas qu'on l'accuse de
vouloir attenter à votre vie pour vous autoriser
à lui faire perdre la sienne? Quand il s'agit d'assurer les jours d'un roi, un simple soupçon doit
passer pour une certitude; et il vaut mieux
sacrifier l'innocent que sauver le coupable. Mais,
sire, ce n'est point ici une chose incertaine; le
médecin Douban veut vous assassiner. Ce n'est
point l'envie qui m'arme contre lui, c'est l'intérêt

seul que je prends à la conservation de Votre Majesté; c'est mon zèle qui me porte à vous donner un avis d'une aussi grande importance. S'il est faux, je mérite qu'on me punisse de la même manière qu'on punit autrefois un vizir. — Qu'avait fait ce vizir, dit le roi grec, pour être digne de ce châtiment? — Je vais l'apprendre à Votre Majesté, sire, répondit le vizir. Qu'elle ait, s'il lui plaît, la bonté de m'écouter. »

HISTOIRE DU VIZIR PUNI.

« Il était autrefois un roi, poursuivit-il, qui avait un fils qui aimait passionnément la chasse. Il lui permettait de prendre souvent ce divertissement; mais il avait donné ordre à son grand vizir de l'accompagner toujours, et de ne le perdre jamais de vue. Un jour de chasse, les piqueurs ayant lancé un cerf, le prince, qui crut que le vizir le suivait, se mit après la bête. Il courut si longtemps, et son ardeur l'emporta si loin, qu'il se trouva seul. Il s'arrêta, et remarquant qu'il avait perdu la voie, il voulut retourner sur ses pas pour aller rejoindre le vizir, qui n'avait pas été assez diligent pour le suivre de près; mais il s'égara. Pendant qu'il courait de tous côtés sans tenir de route assurée, il rencontra au bord d'un chemin une femme qui pleurait amèrement, et qui paraissait plongée dans une profonde douleur. Il retint la bride de son cheval, et demanda à cette femme la cause de son chagrin. « Seigneur, lui dit-elle, je suis une malheureuse mère privée de mon mari, seule, sans appui, avec une nombreuse famille, et sans rien pour la faire subsister. J'errais dans la campagne; mais, accablée de fatigue, je ne puis plus marcher. » Le jeune prince eut pitié d'elle, et lui proposa de la prendre en croupe.

» Comme ils passaient près d'une masure, la malheureuse femme dit au prince que c'était sa demeure, et qu'elle avait là ses enfants. Le prince descendit avec elle et s'approcha de la masure en tenant son cheval par la bride. Jugez quelle fut sa surprise, lorsqu'il entendit la femme en dedans prononcer ces paroles : « Réjouissez-vous, mes enfants, je vous amène un garçon bien fait et fort gras; » et que d'autres voix lui répondirent aussitôt : « Maman, où est-il que nous le mangions tout à l'heure; car nous avons bon appétit? »

» Le prince n'eut pas besoin d'en apprendre davantage pour concevoir le danger où il se trouvait. Il vit bien que la malheureuse qu'il avait voulu secourir était une ogresse, femme d'un de ces démons sauvages appelés ogres, qui se retirent dans des lieux abandonnés, et se servent de mille ruses pour surprendre et dévorer les passants. Il fut saisi de frayeur, et se jeta au plus vite sur son cheval. L'ogresse parut dans le moment, et voyant qu'elle avait manqué son coup : « Ne craignez rien, cria-t-elle au prince. Qui êtes-vous? que cherchez-vous? — Je suis égaré, répondit-il, et je cherche mon chemin. — Si vous êtes égaré, dit-elle, recommandez-vous à Dieu, il vous délivrera de l'embarras où vous vous trouvez. » Alors le prince leva les yeux au ciel, croyant qu'elle ne lui parlait pas sincèrement, et qu'elle comptait sur lui comme s'il eût déjà été sa proie : « Seigneur, qui êtes tout-puissant, jetez les yeux sur moi, et me délivrez de cette ennemie. » A cette prière la femme de l'ogre rentra dans la masure, et le prince s'en éloigna avec précipitation. Heureusement il retrouva son chemin, et arriva sain et sauf auprès du roi son père auquel il raconta de point en point le danger qu'il venait de courir par la faute du grand vizir. Le roi, irrité contre ce ministre, le fit étrangler à l'heure même.

» Sire, poursuivit le vizir du roi grec, pour re-

venir au médecin Douban, si vous n'y prenez
garde, la confiance que vous avez en lui vous
sera funeste; je sais de bonne part que c'est un
espion envoyé par vos ennemis pour attenter à
la vie de Votre Majesté. Il vous a guéri, dites-
vous; et qui peut vous en assurer? Il ne vous a
peut-être guéri qu'en apparence, et non radica-
lement. Que sait-on si ce remède, avec le temps,
ne produira pas un effet pernicieux? »

» Le roi grec, qui avait naturellement fort peu
d'esprit, n'eut pas assez de pénétration pour
s'apercevoir de la méchante intention de son
vizir, ni assez de fermeté pour persister dans son
premier sentiment. Ce discours l'ébranla. « Vizir,
dit-il, tu as raison; il peut être venu exprès pour
m'ôter la vie, ce qu'il peut fort bien exécuter
par la seule odeur de quelqu'une de ses drogues. Il faut voir ce qu'il est à propos de faire
dans cette conjoncture. »

» Quand le vizir vit le roi dans la disposition
où il le voulait : « Sire, lui dit-il, le moyen le
plus sûr et le plus prompt pour assurer votre
repos et mettre votre vie en sûreté, c'est d'envoyer
chercher tout à l'heure le médecin Douban, et de
lui faire couper la tête dès qu'il sera arrivé. —
Véritablement, reprit le roi, je crois que c'est par
là que je dois prévenir son dessein. » En ache-

vant ces paroles, il appela un de ses officiers, et
lui ordonna d'aller chercher le médecin, qui,
sans savoir ce que le roi lui voulait, courut au
palais en diligence. « Sais-tu bien, dit le roi en
le voyant, pourquoi je te demande ici? — Non,
sire, répondit-il, et j'attends que Votre Majesté
daigne m'en instruire. — Je t'ai fait venir, reprit
le roi, pour me délivrer de toi en te faisant ôter
la vie. »

» Il n'est pas possible d'exprimer quel fut
l'étonnement du médecin lorsqu'il entendit prononcer l'arrêt de sa mort. « Sire, lui dit-il, quel
sujet peut avoir Votre Majesté de me faire mourir? quel crime ai-je commis? — J'ai appris de
bonne part, répliqua le roi, que tu es un espion,
et que tu n'es venu dans ma cour que pour attenter à ma vie; mais pour te prévenir, je veux
te ravir la tienne. Frappe, ajouta-t-il au bourreau
qui était présent, et me délivres d'un perfide qui
ne s'est introduit ici que pour m'assassiner. »

» A cet ordre cruel, le médecin jugea bien
que les honneurs et les bienfaits qu'il avait reçus
lui avaient suscité des ennemis, et que le faible
roi s'était laissé surprendre à leurs impostures.
Il se repentait de l'avoir guéri de sa lèpre; mais
c'était un repentir hors de saison. « Est-ce ainsi,
lui disait-il, que vous me récompensez du bien

que je vous ai fait? » Le roi ne l'écouta pas
et ordonna une seconde fois au bourreau de
porter le coup mortel. Le médecin eut recours
aux prières : « Hélas! Sire, s'écria-t-il, pro-
longez-moi la vie, Dieu prolongera la vôtre;
ne me faites pas mourir, de crainte que Dieu
ne vous traite de la même manière! »

Le pêcheur interrompit son discours en cet
endroit pour adresser la parole au génie. « Eh
bien! génie, tu vois que ce qui se passa alors
entre le roi grec et le médecin Douban vient de
se passer tout à l'heure entre nous deux. »

« Le roi grec, continua-t-il, au lieu d'avoir
égard à la prière que le médecin venait de lui
faire, en le conjurant au nom de Dieu, lui repartit
avec dureté : « Non, non, c'est une nécessité
absolue que je te fasse périr : aussi bien pourrais-
tu m'ôter la vie plus subtilement encore que tu
m'as guéri. » Cependant le médecin, fondant en
pleurs, et se plaignant pitoyablement de se voir
si mal payé du service qu'il avait rendu au roi,
se prépara à recevoir le coup de la mort. Le bourreau lui banda les yeux, lui lia les mains, et se
mit en devoir de tirer son sabre.

» Alors les courtisans qui étaient présents,
émus de compassion, supplièrent le roi de lui
faire grâce, assurant qu'il n'était pas coupable,

et répondant de son innocence; mais le roi fut
inflexible, et leur parla de sorte qu'ils n'osèrent
lui répliquer.

» Le médecin étant à genoux, les yeux ban-
dés, et prêt à recevoir le coup qui devait ter-
miner son sort, s'adressa encore une fois au
roi : « Sire, lui dit-il, puisque Votre Majesté ne
veut pas révoquer l'arrêt de ma mort, je la
supplie du moins de m'accorder la liberté d'aller
jusque chez moi donner ordre à ma sépulture,
dire le dernier adieu à ma famille, faire des au-
mônes, et léguer mes livres à des personnes
capables d'en faire usage. J'en ai un entre autres
dont je veux faire présent à Votre Majesté :
c'est un livre fort précieux et très digne d'être
soigneusement gardé dans votre trésor. — Et
pourquoi ce livre est-il aussi précieux que tu le
dis? répliqua le roi. — Sire, repartit le médecin,
c'est qu'il contient une infinité de choses curieu-
ses, dont la principale est que, quand on m'aura
coupé la tête, si Votre Majesté veut bien se
donner la peine d'ouvrir le livre au sixième
feuillet et lire la troisième ligne de la page à
main gauche, ma tête répondra à toutes les
questions que vous voudrez lui faire. » Le roi,
curieux de voir une chose si merveilleuse, remit

sa mort au lendemain, et l'envoya chez lui sous bonne garde.

» Le médecin, pendant ce temps-là, mit ordre à ses affaires; et comme le bruit s'était répandu qu'il devait arriver un prodige inouï après son trépas, les vizirs, les émirs, les officiers de la garde, enfin toute la cour se rendit le jour suivant dans la salle d'audience pour en être témoin.

» On vit bientôt paraître le médecin Douban, qui s'avança jusqu'au pied du trône royal avec un gros livre à la main. Là il se fit apporter un bassin, sur lequel il étendit la couverture dont le livre était enveloppé; et présentant le livre au roi : « Sire, lui dit-il, prenez, s'il vous plaît ce livre, et d'abord que ma tête sera coupée commandez qu'on la mette dans le bassin sur la couverture du livre; dès qu'elle y sera, le sang cessera d'en couler : alors vous ouvrirez le livre, et ma tête répondra à toutes vos demandes. Mais, sire, ajouta-t-il, permettez-moi d'implorer encore une fois la clémence de Votre Majesté; au nom de Dieu, laissez-vous fléchir! je vous proteste que je suis innocent. — Tes prières, répondit le roi, sont inutiles; et quand ce ne serait que pour entendre parler ta tête après ta mort, je veux que tu meures. » En disant cela,

il prit le livre des mains du médecin, et ordonna
au bourreau de faire son devoir.

» La tête fut coupée si adroitement qu'elle
tomba dans le bassin ; et elle fut à peine posée
sur la couverture que le sang s'arrêta. Alors, au
grand étonnement du roi et de tous les specta-
teurs, elle ouvrit les yeux, et, prenant la parole :
« Sire, dit-elle, que Votre Majesté ouvre le livre. »
Le roi l'ouvrit, et trouvant que le premier feuillet
était comme collé contre le second, pour le
tourner avec plus de facilité, il porta le doigt à
sa bouche, et le mouilla de sa salive. Il fit la
même chose jusqu'au sixième feuillet, et ne voyant
pas d'écriture à la page indiquée : « Médecin,
dit-il à la tête, il n'y a rien d'écrit. — Tournez
encore quelques feuillets, dit la tête. » Le roi
continua d'en tourner, en portant toujours le
doigt à sa bouche, jusqu'à ce que le poison, dont
chaque feuillet était imbu, venant à faire son
effet, ce prince se sentit tout-à-coup agité d'un
transport extraordinaire ; sa vue se troubla, et
il se laissa tomber au pied de son trône avec de
grandes convulsions.

» Quand le médecin Douban, ou, pour mieux
dire, sa tête, vit que le poison faisait son effet,
et que le roi n'avait plus que quelques moments
à vivre : « Tyran, s'écria-t-elle, voilà de quelle

» manière sont traités les princes qui, abusant de
» leur autorité, font périr les innocents. Dieu punit
» tôt ou tard leurs injustices et leurs cruautés. »
La tête eut à peine achevé ces paroles que le roi
tomba mort, et qu'elle perdit elle-même le peu de
vie qui lui restait. »

Sitôt que le pêcheur eut fini l'histoire du roi
grec et du médecin, il en fit l'application au génie
qu'il tenait toujours enfermé dans le vase.

« Si le roi grec, lui dit-il, eût voulu laisser
vivre le médecin, Dieu l'aurait aussi laissé vivre
lui-même; mais il rejeta ses humbles prières, et
Dieu l'en punit. Il en est de même de toi, ô génie !
si j'avais pu te fléchir et obtenir de toi la grâce
que je te demandais, j'aurais présentement pitié
de l'état où tu es; mais puisque, malgré l'extrême obligation que tu m'avais de t'avoir mis
en liberté, tu as persisté dans la volonté de m..
tuer, je dois, à mon tour, être impitoyable. Je
vais, en te laissant dans ce vase et en te rejetant
à la mer, t'ôter l'usage de la vie jusqu'à la fin
des temps : c'est la vengeance que je prétends
tirer de toi. — Pêcheur, mon ami, répondit le
génie, je te conjure encore une fois de ne pas
faire une si cruelle action; songe qu'il n'est pas
honnête de se venger, et qu'au contraire il es;
louable de rendre le bien pour le mal; ne me

traite pas comme Imama traita autrefois Ateca.
— Et que fit Imama à Ateca? répliqua le pêcheur.
— Oh! si tu souhaites de le savoir, repartit le
génie, ouvre-moi ce vase; crois-tu que je sois
en humeur de faire des contes dans une prison
si étroite? Je t'en ferai autant que tu voudras
quand tu m'auras tiré d'ici. — Non, dit le pêcheur,
je ne te délivrerai pas; c'est trop raisonner :
je vais te précipiter au fond de la mer. — Encore
un mot, pêcheur, s'écria le génie : je te promets
de ne te faire aucun mal; bien éloigné de cela,
je t'enseignerai un moyen de devenir puissam-
ment riche. »

L'espérance de se tirer de la pauvreté désarma
le pêcheur. « Je pourrais t'écouter, dit-il, s'il y
avait quelque fonds à faire sur ta parole. Jure-
moi par le grand nom de Dieu que tu feras de
bonne foi ce que tu dis, et je vais t'ouvrir le vase :
je ne crois pas que tu sois assez hardi pour violer
un pareil serment. » Le génie le fit, et le
pêcheur ôta aussitôt le couvercle du vase. Il en
sortit à l'instant de la fumée, et le génie ayant
repris sa forme de la même manière qu'auparavant, la première chose qu'il fit fut de jeter, d'un
coup de pied, le vase dans la mer. Cette action
effraya le pêcheur. « Génie, dit-il, qu'est-ce que
cela signifie? ne voulez-vous pas garder le ser-

ment que vous venez de faire? et dois-je vous
dire ce que le médecin Douban disait au roi
grec : « Laissez-moi vivre, et Dieu prolongera
vos jours! »

La crainte du pêcheur fit rire le génie, qui lui
répondit : « Non, pêcheur, rassure-toi; je n'ai
jeté le vase que pour me divertir et voir si tu
en serais alarmé; et pour te prouver que je te
veux tenir parole, prends tes filets, et me suis. »
En prononçant ces mots, il se mit à marcher
devant le pêcheur, qui, chargé de ses filets, le
suivait avec quelque sorte de défiance. Ils pas-
sèrent devant la ville, et montèrent au haut
d'une montagne, d'où ils descendirent dans une
vaste plaine qui les conduisit à un grand étang
situé entre quatre collines.

Lorsqu'ils furent arrivés au bord de l'étang, le
génie dit au pêcheur : « Jette tes filets, et prends
du poisson. » Le pêcheur ne douta pas qu'il n'en
prît, car il en vit une grande quantité dans
l'étang; mais, ce qui le surprit extrêmement,
c'est qu'il remarqua qu'il y en avait de quatre couleurs différentes, c'est-à-dire de blancs, de rouges,
de bleus et de jaunes. Il jeta ses filets, et en
amena quatre, dont chacun était d'une de ces
couleurs. Comme il n'en avait jamais vu de
pareils, il ne pouvait se lasser de les admirer :

et jugeant qu'il en pouvait tirer une somme assez
considérable, il en avait beaucoup de joie.
« Emporte ces poissons, lui dit le génie, et va
les présenter au sultan : il t'en donnera plus
d'argent que tu n'en as manié en toute ta vie.
Tu pourras venir tous les jours pêcher en cet
étang; mais je t'avertis de ne jeter tes filets
qu'une fois chaque jour; autrement il t'en arri-
vera du mal. Prends-y garde; c'est l'avis que je
te donne : si tu le suis exactement, tu t'en trou-
veras bien. » En disant cela, il frappa du pied
la terre, qui s'ouvrit, et se referma après l'avoir
englouti.

Le pêcheur, résolu de suivre de point en point
les conseils du génie, se garda bien de jeter
une seconde fois ses filets. Il reprit le chemin
de la ville, fort content de sa pêche, et faisant
mille réflexions sur son aventure. Il alla droit au
palais du sultan pour lui présenter ses poissons.

Le sultan fut dans une surprise extrême lorsqu'il
vit les quatre poissons que le pêcheur lui présenta. Il les prit l'un après l'autre pour les consi-
dérer avec attention, et après les avoir admirés
assez longtemps : « Prenez ces poissons, dit-il
à son premier vizir, et les portez à l'habile cuisinière que l'empereur des Grecs m'a envoyée;
je m'imagine qu'ils ne seront pas moins bons

qu'ils sont beaux. » Le vizir les porta lui-même
à la cuisinière, et les lui remettant entre les mains :
« Voilà, lui dit-il, quatre poissons qu'on vient
d'apporter au sultan : il vous ordonne de les
lui apprêter. » Après s'être acquitté de sa com-
mission, il retourna vers le sultan son maître qui
le chargea de donner au pêcheur quatre cents
pièces d'or de sa monnaie; ce qu'il exécuta
très-fidèlement. Le pêcheur, qui n'avait jamais
possédé une si grosse somme à la fois, conce-
vait à peine son bonheur, et le regardait comme
un songe; mais il connut dans la suite qu'il
était réel, par le bon usage qu'il en fit en l'em-
ployant aux besoins de sa famille.

Il faut maintenant parler de la cuisinière du
sultan que nous allons trouver dans un grand
embarras. D'abord qu'elle eut nettoyé les poissons
que le vizir lui avait donnés, elle les mit sur le
feu dans une casserole, avec de l'huile pour les
frire; lorsqu'elle les crut assez cuits d'un côté,
elle les tourna de l'autre. Mais, ô prodige inouï!
à peine furent-ils tournés que le mur de la cuisine
s'entr'ouvrit. Il en sortit une dame habillée d'une
étoffe de satin à fleurs, façon d'Egypte, avec
des pendants d'oreille, un collier de grosses
perles, et des bracelets d'or garnis de rubis; et
elle tenait une baguette de myrte à la main. Elle

s'approche de la casserole, au grand étonnement
de la cuisinière qui demeura immobile à cette
vue ; et frappant un des poissons du bout de sa
baguette : « Poisson, poisson, lui dit-elle, es-tu
dans ton devoir ? » Le poisson n'ayant rien répondu, elle répéta les mêmes paroles ; et alors
les quatre poissons levèrent la tête tous ensemble,
et lui dirent très-distinctement : « Oui, oui, si
» vous comptez, nous comptons ; si vous payez
» vos dettes, nous payons les nôtres ; si vous
» fuyez, nous vainquons, et nous sommes contents. » Dès qu'ils eurent achevé ces mots, la jeune
dame renversa la casserole et rentra dans l'ouverture du mur, qui se referma aussitôt et se remit
dans le même état où il était auparavant.

La cuisinière, que toutes ces merveilles avaient
épouvantée, étant revenue de sa frayeur, alla
relever les poissons qui étaient tombés sur la
braise ; mais elle les trouva plus noirs que du
charbon, et hors d'état d'être servis au sultan.
Elle en eut une vive douleur ; et se mettant à pleurer de toute sa force : « Hélas ! disait-elle que
vais-je devenir ? quand je raconterai au sultan
ce que j'ai vu, je suis assurée qu'il ne me croira
pas ; dans quelle colère sera-t-il contre moi ? »

Pendant qu'elle s'affligeait ainsi, le grand
vizir entra, et lui demanda si les poissons étaient

prêts. Elle lui raconta tout ce qui lui était arrivé ;
et ce récit, comme on le peut penser, l'étonna
fort ; mais, sans en parler au sultan, il inventa
une fable qui le contenta. Cependant il envoya
chercher le pêcheur à l'heure même, et quand il
fut arrivé : « Pêcheur, lui dit-il, apporte-moi
quatre autres poissons qui soient semblables à
ceux que tu as déjà apportés, car il est sur-
venu certain malheur qui a empêché qu'on ne
les ait servis au sultan. » Le pêcheur ne lui dit
pas ce que le génie lui avait commandé ; mais,
pour se dispenser de fournir ce jour-là les poissons qu'on lui demandait, il s'excusa sur la
longueur du chemin, et promit de les apporter le
lendemain matin.

Effectivement, le pêcheur partit durant la nuit,
et se rendit à l'étang. Il jeta ses filets, et les
ayant retirés, il y trouva quatre poissons qui
étaient, comme les autres, chacun d'une couleur
différente. Il s'en retourna aussitôt, et les porta
au grand vizir dans le temps qu'il lui avait
promis. Ce ministre les prit et les porta lui-
même encore dans la cuisine, où il s'enferma seul
avec la cuisinière qui commença de les habiller
devant lui, et qui les mit sur le feu, comme elle
avait fait pour les quatre autres le jour précédent.
Lorsqu'ils furent cuits d'un côté, et qu'elle les

eut tournés de l'autre, le mur de la cuisine s'entr'ouvrit encore, et la même dame parut avec sa
baguette à la main ; elle s'approcha de la casserole, frappa un des poissons, lui adressa les
mêmes paroles, et ils lui firent tous la même
réponse en levant la tête.

Après qu'ils eurent répondu à la dame,
elle renversa encore la casserole d'un coup de
baguette, et se retira dans le même endroit de
la muraille d'où elle était sortie. Le grand vizir
ayant été témoin de ce qui s'était passé : « Cela
est trop surprenant, dit-il, et trop extraordinaire, pour en faire un mystère au sultan ; je
vais de ce pas l'informer de ce prodige. » En
effet, il l'alla trouver, et lui fit un rapport
fidèle.

Le sultan, fort surpris, marqua beaucoup
d'empressement de voir cette merveille. Pour cet
effet, il envoya chercher le pêcheur. « Mon ami,
lui dit-il, ne pourrais-tu pas encore m'apporter
quatre poissons de différentes couleurs ? » Le
pêcheur répondit au sultan que si Sa Majesté
voulait lui accorder trois jours pour faire ce
qu'il désirait, il lui promettait de la contenter.
Les ayant obtenus, il alla à l'étang pour la
troisième fois, et il ne fut pas moins heureux
que les deux autres ; car du premier coup de

filet il prit quatre poissons de couleurs différentes. Il ne manqua pas de les porter à l'heure
même au sultan, qui en eut d'autant plus de joie
qu'il ne s'attendait pas à les avoir sitôt, et qui lui
fit donner encore quatre cents pièces d'or de sa
monnaie.

D'abord que le sultan eut les poissons, il les fit
porter dans son cabinet avec tout ce qui était
nécessaire pour les faire cuire. Là, s'étant enfermé avec son grand vizir, ce ministre les habilla,
les mit sur le feu dans une casserole, et quand
ils furent cuits d'un côté, il les retourna de
l'autre. Alors le mur du cabinet s'entr'ouvrit;
mais au lieu d'une dame, ce fut un noir qui en
sortit. Ce noir avait un habillement d'esclave; il
était d'une grosseur et d'une grandeur gigan-
tesques, et tenait un gros bâton vert à la main.
Il s'avança jusqu'à la casserole, et touchant de
son bâton un des poissons, il lui dit d'une voix
terrible : « Poisson, poisson, es-tu dans ton
devoir? » A ces mots les poissons levèrent la
tête, et répondirent ; « Oui, oui, nous y sommes ;
si vous comptez, nous comptons; si vous payez
vos dettes, nous payons les nôtres; si vous fuyez,
nous vainquons, et nous sommes contents. »

Les poissons eurent à peine achevé ces paroles,
que le noir renversa la casserole au milieu du

cabinet, et réduisit les poissons en charbon. Cela
étant fait, il se retira fièrement, et rentra dans
l'ouverture du mur qui se referma, et qui parut
dans le même état qu'auparavant. « Après ce
que je viens de voir, dit le sultan à son grand
vizir, il ne me sera pas possible d'avoir l'esprit
en repos. Ces poissons, sans doute, signifient
quelque chose d'extraordinaire dont je veux être
éclairci. » Il envoya chercher le pêcheur : on
le lui amena. « Pêcheur, lui dit-il, les poissons
que tu nous a apportés me causent bien de l'inquiétude. En quel endroit les as-tu pêchés? —
Sire, répondit-il, je les ai pêchés dans un étang
qui est situé entre quatre collines, au-delà de la
montagne que l'on voit d'ici. — Connaissez-vous
cet étang? dit le sultan au vizir. — Non, sire,
répondit le vizir, je n'en ai jamais ouï parler; il
y a pourtant soixante ans que je chasse aux en-
virons et au-delà de cette montagne. » Le sultan
demanda au pêcheur à quelle distance de son
palais était cet étang; le pêcheur assura qu'il
n'y avait pas plus de trois heures de chemin. Sur
cette assurance, et comme il restait encore assez
de jour pour arriver avant la nuit, le sultan commanda à toute sa cour de monter à cheval, et le
pêcheur leur servit de guide.

Ils montèrent tous la montagne, et à la des-

cente ils virent avec beaucoup de surprise une
vaste plaine que personne n'avait remarquée
jusqu'alors. Enfin ils arrivèrent à l'étang, qu'ils
trouvèrent effectivement situé entre quatre collines, comme le pêcheur l'avait rapporté. L'eau
en était si transparente qu'ils remarquèrent que
tous les poissons étaient semblables à ceux que
le pêcheur avait apportés au palais.

Le sultan s'arrêta sur le bord de l'étang, et
après avoir quelque temps regardé les poissons
avec admiration, il demanda à ses émirs et à
tous ses courtisans s'il était possible qu'ils
n'eussent pas encore vu cet étang s'il était si
peu éloigné de la ville. Ils lui répondirent qu'ils
n'en avaient jamais entendu parler. « Puisque
vous soutenez tous, leur dit-il, que vous n'en avez
jamais oui parler, et que je ne suis pas moins
étonné que vous de cette nouvelle, je suis résolu
de ne pas rentrer dans mon palais que je n'aie su
pour quelle raison cet étang se trouve ici, et
pourquoi il n'y a dedans que des poissons de
quatre couleurs. » Après avoir dit ces paroles, il
ordonna de camper, et aussitôt son pavillon et
les tentes de sa maison furent dressés sur les bords
de l'étang.

A l'entrée de la nuit, le sultan, retiré sous son
pavillon, parla en particulier à son grand-vizir,

et lui dit : « Vizir, j'ai l'esprit dans une extrême
inquiétude : cet étang transporté en ces lieux, ce
noir qui nous est apparu dans mon cabinet, ces
poissons que nous avons entendus parler, tout
cela irrite tellement ma curiosité que je ne puis
résister à l'impatience de la satisfaire. Pour cet
effet, je médite un dessein que je veux absolument exécuter. Je vais seul m'éloigner de ce
camp; je vous ordonne de tenir mon absence
secrète; demeurez sous mon pavillon; et demain
matin quand mes émirs et mes courtisans se
présenteront à l'entrée, renvoyez-les, en leur
disant que j'ai une légère indisposition, et que je
veux être seul. Les jours suivants, vous conti-
nuerez de leur dire la même chose, jusqu'à ce
que je sois de retour. »

Le grand-vizir dit plusieurs choses au sultan
pour tâcher de le détourner de son dessein; il lui
représenta le danger auquel il s'exposait, et la
peine qu'il allait prendre peut-être inutilement.
Mais il eut beau épuiser toute son éloquence, le
sultan ne quitta point sa résolution, et se prépara
à l'exécuter. Il prit un habillement commode
pour marcher à pied, il se munit d'un sabre, et
dès qu'il vit que tout était tranquille dans son
camp, il partit sans être accompagné de personne.

Il tourna ses pas vers une des collines qu'il
monta sans beaucoup de peine. Il en trouva la
descente encore plus aisée; et lorsqu'il fut dans
la plaine, il marcha jusqu'au lever du soleil.
Alors, apercevant de loin devant lui un grand
édifice, il s'en réjouit dans l'espérance d'y pouvoir apprendre ce qu'il voulait savoir. Quand il
en fut près, il remarqua que c'était un palais
magnifique, ou plutôt un château très-fort, d'un
beau marbre noir poli, et couvert d'un acier fin
et uni comme une glace de miroir. Ravi de
n'avoir pas été longtemps sans rencontrer quelque chose digne au moins de sa curiosité, il
s'arrêta devant la façade du château, et le
considéra avec beaucoup d'attention.

Il s'avança ensuite jusqu'à la porte, qui était à
deux battants, dont l'un était ouvert. Quoiqu'il
fût libre d'entrer, il crut néanmoins devoir frapper. Il frappa assez légèrement, et attendit
quelque temps; mais ne voyant venir personne,
il s'imagina qu'on ne l'avait pas entendu : c'est
pourquoi il frappa un second coup plus fort;
mais ne voyant ni n'entendant venir personne,
il redoubla; personne ne parut encore. Cela le
surprit extrêmement, car il ne pouvait penser
qu'un château si bien entretenu fût abandonné.
« S'il n'y a personne, disait-il en lui-même, je

n'ai rien à craindre; et s'il y a quelqu'un, j'ai de quoi me défendre. »

Enfin le sultan entra, et s'avançant sous le vestibule : « N'y a-t-il personne ici, s'écria-t-il, pour recevoir un étranger qui aurait besoin de se rafraichir en passant? » Il répéta la même chose deux ou trois fois; mais, quoiqu'il parlât fort haut, personne ne lui répondit. Ce silence augmenta son étonnement. Il passa dans une cour très-spacieuse, et regardant de tous côtés pour voir s'il ne découvrirait point quelqu'un, il n'aperçut pas le moindre être vivant. Ne voyant donc personne dans la cour où il était, il entra dans de grandes salles dont les tapis de pied étaient de soie, les estrades et les sofas couverts d'étoffes de la Mecque, et les portières des plus riches étoffes des Indes, relevées d'or et d'argent. Il passa ensuite dans un salon merveilleux au milieu duquel il y avait un grand bassin avec un lion d'or massif à chaque coin. Les quatre lions jetaient de l'eau par la gueule, et cette eau, en tombant, formait des diamants et des perles; ce qui n'accompagnait pas mal un jet d'eau qui, s'élançant du milieu du bassin, allait presque frapper le fond d'un dôme peint à l'arabesque.

Le château, de trois côtés, était environné

d'un jardin que les parterres, les pièces d'eau, les bosquets et mille autres agréments concouraient à embellir; et ce qui achevait de rendre ce lieu admirable, c'était une infinité d'oiseaux qui y remplissaient l'air de leurs chants harmonieux, et qui y faisaient toujours leur demeure, parce que des filets tendus au-dessus des arbres et du palais les empêchaient d'en sortir.

Le sultan se promena longtemps d'appartement en appartement, où tout lui parut grand et magnifique. Lorsqu'il fut las de marcher, il s'assit dans un cabinet ouvert qui avait vue sur le jardin; et là, rempli de tout ce qu'il avait déjà vu et de tout ce qu'il voyait encore, il faisait des réflexions sur tous ces différents objets, quand tout à coup une voix plaintive, accompagnée de cris lamentables, vint frapper son oreille. Il écouta avec attention, et il entendit distinctement ces tristes paroles : « O fortune! qui n'as » pu me laisser jouir longtemps d'un heureux » sort, et qui m'as rendu le plus infortuné de » tous les hommes, cesse de me persécuter, et » viens par une prompte mort mettre fin à mes » douleurs. Hélas! est-il possible que je sois » encore en vie après tous les tourments que » j'ai soufferts! »

Le sultan, touché de ces pitoyables plaintes,

se releva pour aller du côté où elles étaient
parties. Lorsqu'il fut à la porte d'une grande salle,
il ouvrit la portière, et vit un jeune homme bien
fait et très-richement vêtu qui était assis sur un
trône un peu élevé de terre. La tristesse était
peinte sur son visage. Le sultan s'approcha de
lui et le salua. Le jeune homme lui rendit son
salut, en lui faisant une inclination de tête fort
basse; et comme il ne se levait pas : « Seigneur,
dit-il au sultan, je juge bien que vous méritez
que je me lève pour vous recevoir et vous rendre
tous les honneurs possibles; mais une raison si
forte s'y oppose, que vous ne devez pas m'en
savoir mauvais gré. — Seigneur, lui répondit le
sultan, je vous suis fort obligé de la bonne opinion
que vous avez de moi. Quant au sujet que vous
avez de ne pas vous lever, quelle que soit votre
excuse, je la reçois de fort bon cœur. Attiré par
vos plaintes, pénétré de vos peines, je viens vous
offrir mon secours. Plût à Dieu qu'il dépendit de
moi d'apporter du soulagement à vos maux, je
m'y emploierais de tout mon pouvoir! Je me flatte
que vous voudrez bien me raconter l'histoire de
vos malheurs; mais, de grâce, apprenez-moi
auparavant ce que signifie cet étang qui est près
d'ici, et où l'on voit des poissons de différentes
couleurs; ce que c'est que ce château, pourquoi

vous vous y trouvez, et d'où vient que vous y
êtes seul. » Au lieu de répondre à ces questions,
le jeune homme se mit à pleurer amèrement.
« Que la fortune est inconstante! s'écria-t-il;
elle se plaît à abaisser les hommes qu'elle a
élevés. Où sont ceux qui jouissent tranquillement
d'un bonheur qu'ils tiennent d'elle, et dont les
jours sont purs et sereins? »

Le sultan, touché de compassion de le voir
en cet état, le pria très-instamment de lui dire
le sujet d'une si grande douleur. « Hélas! seigneur, lui répondit le jeune homme, comment
pourrais-je n'être pas affligé? et le moyen que
mes yeux ne soient pas des sources intarissables
de larmes? A ces mots, ayant levé sa robe, il fit
voir au sultan qu'il n'était homme que depuis
la tête jusqu'à la ceinture, et que l'autre moitié
de son corps était de marbre noir.

Le sultan fut étrangement étonné quand il vit
l'état déplorable où était le jeune homme. « Ce
que vous me montrez-là, lui dit-il, en me donnant de l'horreur, irrite ma curiosité; je brûle
d'apprendre votre histoire, qui doit être sans
doute, fort étrange; et je suis persuadé que
l'étang et les poissons y ont quelque part; ainsi,
je vous conjure de me la raconter ; vous y trou-
verez quelque consolation, puisqu'il est certain

que les malheureux trouvent une espèce de soulagement à conter leurs malheurs. — Je ne veux
pas vous refuser cette satisfaction, repartit le
jeune homme, quoique je ne puisse vous la
donner sans renouveler mes vives douleurs; mais
je vous avertis par avance de préparer vos
oreilles, votre esprit et vos yeux mêmes à des
choses qui surpassent tout ce que l'imagination
peut concevoir de plus extraordinaire. »

HISTOIRE DU JEUNE ROI DES ILES NOIRES.

« Vous saurez, seigneur, continua-t-il, que
mon père, qui s'appelait Mahmoud, était roi de
cet Etat. C'est le royaume des Iles Noires, qui
prend son nom de quatre petites montagnes voi-
sines; car ces montagnes étaient ci-devant des
îles, et la capitale où mon père faisait son
séjour était dans l'endroit où est présentement cet
étang que vous avez vu. La suite de mon histoire
vous instruira de tous ces changements.

» Le roi mon père perdit son épouse ma mère
peu de temps après ma naissance. Il en épousa
une autre qu'il choisit pour partager la dignité
royale avec lui, et qui était sa cousine. Mais la

nouvelle reine était ambitieuse et cruelle; elle ne
tarda pas à le montrer. Mon père me chérissait
tendrement, comme son fils aîné et l'image
vivante d'une épouse qu'il avait beaucoup aimée.
La reine conçut pour moi une aversion mortelle
qui s'accrut encore bien davantage lorsqu'elle
eut mis un fils au monde. Elle se flattait de me
faire déshériter par mon père, pour livrer la
couronne à son fils. Mais le roi mon père résista
toujours aux sollicitations importunes qu'elle put
faire : aussi, de ce temps, elle ne perdit aucune
occasion de me montrer son ressentiment.

» Mon père mourut bientôt, et je restai maître
du trône. Il m'est impossible, seigneur, de vous
dire quelle fut la fureur de la reine ma belle-
mère de voir ses espérances déçues, et son fils
privé de la couronne qu'elle aurait voulu lui
voir porter à ma place. Elle n'oublia rien pour
me susciter des obstacles et provoquer mes sujets
à la révolte. Je découvris même une conspiration
ourdie par mon frère lui-même, qui avait ainsi
agi à l'instigation de sa mère. Alors, outré de
ressentiment de l'ingratitude de mon frère, pour
lequel j'avais toujours témoigné des égards
malgré les sujets de mécontentement que j'eusse,
j'ordonnai à mon grand vizir de se saisir de lui

de le livrer au bourreau, ce qui fut exécuté
fidèlement.

» Alors, seigneur, la reine devint comme une
furie. « Cruel, dit-elle, ce n'était pas assez d'avoir
frustré un frère de la couronne que sa naissance
l'appelait à porter; ton infâme jalousie n'a pu
le supporter auprès de toi!..... Elle allait en dire
davantage; mais, transporté de colère, je l'in-
terrompis vivement. « Oui, lui dis-je, j'ai fait
châtier comme il le méritait cet indigne frère;
depuis longtemps j'aurais dû le traiter ainsi; il
a été puni du supplice des traîtres. » La reine
me regarda avec un sourire moqueur. « Modère
ton courroux, dit-elle. » En même temps elle
prononça des paroles magiques que je n'entendis
pas, et puis elle ajouta : « Par la vertu de mes
enchantements, je te commande de devenir tout
à l'heure moitié marbre et moitié homme. » Aussitôt, seigneur, je devins tel que vous me voyez,
déjà mort parmi les vivants, et vivant parmi les
morts.

» Après que la cruelle magicienne m'eut
ainsi métamorphosé et fait passer dans cette
salle par un autre enchantement, elle détruisit
ma capitale, qui était très-florissante et fort
peuplée, elle anéantit les maisons, les places
publiques et les marchés, et en fit l'étang et la

campagne déserte que vous avez pu voir. Les
poissons de quatre couleurs qui sont dans l'étang
sont les quatre sortes d'habitants qui la com-
posent : les blancs étaient les Musulmans; les
rouges, les Perses, adorateurs du feu; les bleus,
les Chrétiens; et les jaunes, les Juifs. Les quatre
collines étaient les quatre iles qui donnaient le
nom à ce royaume. J'appris tout cela de la
magicienne, qui, pour comble d'affliction, m'an-
nonça elle-même ces effets de sa rage. Ce n'est
pas tout encore, elle n'a point borné sa fureur à
la destruction de mon empire et à ma métamor-
phose : elle vient chaque jour me donner, sur mes
épaules nues, cent coups de nerf de bœuf qui me
mettent tout en sang. Quand ce supplice est
achevé, elle me couvre d'une grosse étoffe de poil
de chèvre, et me met par-dessus cette robe de
brocart que vous voyez, non pour me faire
honneur, mais pour se moquer de moi. »

En cet endroit de son discours, le jeune roi des
Iles Noires ne put retenir ses larmes; et le sultan
en eut le cœur si serré qu'il ne put prononcer une
parole pour le consoler. Peu de temps après, le
jeune roi, levant les mains au ciel, s'écria :
« Puissant Créateur de toutes choses, je me soumets à vos jugements et aux décrets de votre
divine Providence! Je souffre patiemment tous

» mes maux, puisque telle est votre volonté; mais
» j'espère que votre bonté infinie m'en récom-
» pensera. »

Le sultan, attendri par le récit d'une histoire
si étrange, et animé à la vengeance de ce malheureux prince, lui dit : « Apprenez-moi où se
retire cette perfide magicienne. — Seigneur, répondit le prince, elle est dans un palais qui com-
munique au château du côté de la porte, et qu'elle
appelle le Palais des Larmes : c'est là qu'elle a
fait élever un superbe tombeau à son indigne fils.
Tous les jours, au lever du soleil, elle vient
pleurer sur le tombeau de son fils, après avoir
fait sur moi la sanglante exécution dont je vous
ai parlé; et vous jugez bien que je ne puis me défendre d'une si grande cruauté. — Prince qu'on
ne peut assez plaindre, repartit le sultan, on ne
saurait être plus vivement touché de votre malheur que je le suis. Jamais rien de si extraordinaire n'est arrivé à personne; et les auteurs
qui feront votre histoire auront l'avantage de
rapporter un fait qui surpasse tout ce qu'on a
jamais écrit de plus surprenant. Il n'y manque
qu'une chose : c'est la vengeance qui vous est due;
mais je n'oublierai rien pour vous la procurer. »

En effet, le sultan, en s'entretenant avec le
jeune prince, après lui avoir déclaré qui il

était et pourquoi il était entré dans ce château, imagina un moyen de le venger, qu'il lui communiqua.

Ils convinrent des mesures qu'il y avait à prendre pour faire réussir ce projet, dont l'exécution fut remise au jour suivant. Cependant, la nuit étant fort avancée, le sultan prit quelque repos. Pour le jeune prince, il la passa, à son ordinaire, dans une insomnie continuelle (car il ne pouvait dormir depuis qu'il était enchanté), avec quelque espérance néanmoins d'être bientôt délivré de ses souffrances.

Le lendemain, le sultan se leva dès qu'il fut jour ; et, pour commencer à exécuter son dessein, il cacha dans un endroit son habillement de dessus qui l'aurait embarrassé, et s'en alla au Palais des Larmes. Il le trouva éclairé d'une infinité de flambeaux de cire blanche, et il sentit une odeur délicieuse qui sortait de plusieurs cassolettes de fin or, d'un ouvrage admirable, toutes rangées dans un fort bel ordre. Il alla se cacher dans un appartement voisin, et y demeura pour exécuter ce qu'il avait projeté.

La magicienne arriva bientôt. Son premier soin fut d'aller dans la chambre où était le roi des Îles Noires. Elle le dépouilla, et commença de lui donner sur les épaules les cent coups de nerf de bœuf avec une barbarie qui n'a pas d'exemple. Le pauvre prince avait beau remplir le palais de ses cris et la conjurer de la manière du monde la plus touchante d'avoir pitié de lui, la cruelle ne cessa de le frapper qu'après lui avoir donné les cent coups. « Tu n'as pas eu compassion de mon fils, lui disait-elle, tu n'en dois pas attendre de moi. »

Après qu'elle lui eut donné les cent coups de nerf de bœuf, elle le revêtit du gros habillement de poil de chèvre et de la robe de brocart par-dessus. Elle alla ensuite au Palais des Larmes, et en y entrant elle renouvela ses pleurs, ses cris et ses lamentations, et continua de pleurer long-temps sur le tombeau de son fils. Le sultan sortit alors, et s'approchant de la magicienne, le sabre à la main et prêt à la frapper : « Cruelle, dit-il, n'es-tu pas touchée des pleurs et des gémissements du prince qui t'implore avec tant d'instance! » La magicienne effrayée ne sut que répondre; mais voyant le sultan prêt à la frapper : « Seigneur, dit-elle, pour vous apaiser, je suis prête à faire ce que vous me commanderez. Voulez-vous que je lui rende sa première forme. — Oui, répondit le sultan, et hâte-toi de le mettre en liberté. »

La magicienne sortit aussitôt du Palais des

Larmes, et le sultan la suivit. Elle prit une tasse d'eau, et prononça dessus des paroles qui la firent bouillir comme si elle eût été sur le feu. Elle alla ensuite à la salle où était le jeune roi ; elle jeta de cette eau sur lui, en disant : « Si » le Créateur de toutes choses t'a formé tel que » tu es présentement, ou s'il est en colère contre » toi, ne change pas ; mais si tu n'es dans cet » état que par la vertu de mon enchantement, » reprends ta forme actuelle, et redeviens tel » que tu étais auparavant. » À peine eut-elle achevé ces mots, que le prince, se retrouvant en son premier état, se leva librement avec toute la joie qu'on peut s'imaginer, et il rendit grâce à Dieu. Le sultan continuant toujours de la menacer : « Malheureuse, lui dit-il, si tu tiens à la vie, remets en leur premier état la ville et ses habitants, et les quatre îles que tu as détruites par tes enchantements. » La magicienne effrayée promit tout ce qu'on voulait. Elle partit dans le moment, suivie du sultan, et lorsqu'elle fut arrivée sur le bord de l'étang, elle prit un peu d'eau dans sa main et en fit une aspersion dessus.

Elle n'eut pas plutôt prononcé quelques paroles sur les poissons et sur l'étang, que la ville reparut à l'heure même. Les poissons redevinrent hommes, femmes ou enfants, mahométans, chré-

tiens, persans ou juifs, gens libres ou esclaves :
chacun reprit sa forme naturelle. Les maisons et
les boutiques furent bientôt remplies de leurs
habitants qui y trouvèrent toutes choses dans la
même situation et dans le même ordre où elles
étaient avant l'enchantement. La suite nombreuse
du sultan, qui se trouva campée dans la plus
grande place, ne fut pas peu étonnée de se voir
en un instant au milieu d'une ville belle, vaste et
b.en peuplée.

Pour revenir à la magicienne, dès qu'elle eut
fait ce changement merveilleux, elle voulut parler
au sultan; mais il ne lui en laissa pas le
temps : il la saisit par le bras si brusquement
qu'elle n'eut pas le temps de se reconnaître;
et, d'un coup de sabre, il sépara son corps en
deux parties, qui tombèrent l'un d'un côté, et
l'autre de l'autre. Cela étant fait, il laissa le
cadavre sur la place, et alla trouver le jeune
prince des Iles Noires qui l'attendait avec impatience. « Prince, lui dit-il en l'embrassant,
réjouissez-vous, vous n'aurez plus rien à craindre; votre cruelle ennemie n'est plus. »

Le jeune prince remercia le sultan d'une
manière qui marquait que son cœur était pénétré
de reconnaissance : et pour prix de lui avoir
rendu un service si important, il lui souhaita

une longue vie avec toutes sortes de prospérités.
« Vous pouvez désormais, lui dit le sultan,
demeurer paisible dans votre capitale, à moins
que vous ne vouliez venir dans la mienne qui
en est si voisine; je vous y recevrai avec plaisir,
et vous n'y serez pas moins honoré et respecté
que chez vous. — Puissant monarque à qui je suis
si redevable, répondit le roi, vous croyez donc
être fort près de votre capitale? — Oui, lui répliqua le sultan, je le crois; il n'y a pas plus de
quatre ou cinq heures de chemin. — Il y a une
année entière de voyage reprit le jeune prince.
Je veux bien croire que vous êtes venu ici de
votre capitale dans le peu de temps que vous
dites, parce que la mienne était enchantée;
mais depuis qu'elle ne l'est plus, les choses ont
bien changé. Cela ne m'empêchera pas de vous
suivre, quand ce serait pour aller aux extré-
mités de la terre. Vous êtes mon libérateur, et
pour vous donner toute ma vie des marques de
ma reconnaissance, je prétends vous accompagner, et j'abandonne sans regret mon royaume. »

Le sultan fut extraordinairement surpris d'apprendre qu'il était si loin de ses États, et il ne
comprenait pas comment cela se pouvait faire.
Mais le jeune roi des Iles Noires le convainquit si
bien de cette possibilité, qu'il n'en douta plus.

« Il n'importe, reprit alors le sultan, la peine de m'en retourner dans mes Etats est suffisamment récompensée par la satisfaction de vous avoir obligé et d'avoir acquis un fils en votre personne; car, puisque vous voulez bien me faire l'honneur de m'accompagner, et que je n'ai point d'enfant, je vous regarde comme tel, et je vous fais dès à présent mon héritier et mon successeur. »

L'entretien du sultan et du roi des Iles Noires se termina par les plus tendres embrassements. Après quoi le jeune prince ne songea qu'aux préparatifs de son voyage. Ils furent achevés en trois semaines, au grand regret de toute sa cour et de ses sujets, qui reçurent de sa main un de ses proches parents pour leur roi.

Enfin le sultan et le jeune prince se mirent en chemin avec cent chameaux chargés de richesses inestimables tirées des trésors du jeune roi, qui se fit suivre par cinquante cavaliers bien faits, parfaitement bien montés et équipés. Leur voyage fut heureux; et lorsque le sultan, qui avait envoyé des courriers pour donner avis de son retardement et de l'aventure qui en était la cause, fut près de sa capitale, les principaux officiers qu'il y avait laissés vinrent le recevoir, et l'assurèrent que sa longue absence n'avait apporté aucun changement dans son empire. Les habitants sortirent aussi en foule, le reçurent avec de grandes acclamations, et firent des réjouissances qui durèrent plusieurs jours.

Le lendemain de son arrivée, le sultan fit à tous ses courtisans assemblés un détail fort ample des choses qui, contre son attente, avaient rendu son absence si longue. Il leur déclara ensuite l'adoption qu'il avait faite du roi des quatre Iles Noires, qui avait bien voulu abandonner un grand royaume pour l'accompagner et vivre avec lui. Enfin, pour reconnaître la fidélité qu'ils lui avaient tous gardée, il leur fit des largesses proportionnées au rang que chacun tenait à la cour.

Pour le pêcheur, comme il était la première cause de la délivrance du jeune prince, le sultan le combla de biens, et le rendit, lui et sa famille, très-heureux le reste de ses jours.

FIN DE L'HISTOIRE DU PÊCHEUR.

LE POÈTE PAYSAN

(Extrait des *Contes de ma Mère*).

— Allons, Marcel, allons, mon homme, pourquoi ne veux-tu pas entendre raison? pourquoi
te mets-tu ainsi en colère? Est-ce que M. le curé
n'est pas p'us connaisseur que toi, dis? Eh bien!
il assure que Louis est tout plein d'esprit, et qu'il
est assez savant pour faire fotrune.

— Faire fortune! faire fortune! voilà bien
votre mot à tous; et vous croyez me convaincre,
quand vous me l'avez répété. Mais, dis-moi,
Cat, où veux-tu qu'un paysan ait acquis les con-
naissances nécessaires pour devenir un poète,
comme ils appellent Louis? Et ce qui m'étonne,
c'est de voir M. le curé, un homme de bon sens,
un homme d'âge, encourager les mauvaises pen-
sées qui tourmentent notre gars depuis près de
deux ans! Je ne puis m'empêcher de croire que,
si notre pasteur avait gourmandé Louis au lieu de
le complimenter, notre fils ne se fût sorti toute
cette folie de la tête.

— Enfin, reprit Cat, avec ce ton de soumission
que les femmes savent prendre pour vous mieux
amener à leur volonté, tu ne peux refuser au
moins d'écouter la belle pièce de Louis, sa tragédie, comme il l'appelle.

Le père haussa les épaules, mais sans exprimer
un refus aussi formel qu'il l'avait fait jusque-là.
Cat profita de cette demi-permission, prépara
pour le dîner le plat que son homme aimait le
mieux, mit la table sous la treille qui abritait le
devant de la maison, permit à sa fille d'inviter
une de ses compagnes; puis, quand la pipe de
Marcel fut allumée, quand il eut bu un bon coup
de cidre du plus fin, Cat fit signe à son fils de
lire sa belle pièce.

Louis était vraiment un excellent garçon, doué
de bonnes et d'excellentes qualités; la vanité
seule l'égarait. C'est elle qui lui avait soufflé à
l'oreille que, parce qu'il avait facilement appris
à lire et à écrire, il n'était pas fait pour labourer
et bêcher la terre. Et puis il avait à Paris un
oncle, qui était son parrain. Son oncle l'y avait
fait venir et lui fit connaître imprudemment les
plaisirs de Paris; il le mena aux théâtres des
boulevards. Ces mélodrames bien noirs montèrent
l'imagination de Louis; il se sentit profondément
impressionné, et pensa qu'il fallait avoir prodi-

4

gïeusement d'esprit pour composer de telles
pièces.

Il revint chez son père tout à fait dégoûté des
travaux et de la vie des champs. Au lieu d'aller
à la danse, de jouer aux quilles, comme il le
faisait autrefois, Louis lisait et relisait les livres
et les pièces de théâtre qu'il avait rapportés de
Paris; puis il s'imagina que lui aussi pourrait
devenir auteur. Il se mit à faire des vers qu'il
montra au curé; le curé était un brave homme,
mais nullement lettré; il s'extasia sur les premiers
essais de Louis : ce fut assez pour que le pauvre
garçon se crût réellement appelé à une haute
destinée et qu'il se dît : Pourquoi voudrait-on
forcer ma vocation?

Sa mère, loin de chercher à lui faire entendre
raison, lui promettai. d'obtenir de son père la
permission de retourner à Paris. Mais le père
Marcel était maître chez lui. Louis n'avait pas
vingt ans; d'ailleurs il était trop soumis, trop bon
sujet pour quitter la maison de son père sans sa
permission; il fallait patienter.

On en était là, quand Cat, à force de persis-
tance, à force de revenir à la charge, obtint enfin
de son mari qu'il écouterait la lecture de la tragédie de Louis; et, certes, quand la bonne mère
fit signe à son fils de commencer, elle ressentait

autant d'orgueil dans le cœur que le père de mademoiselle Rachel dut en éprouver quand sa fille monta sur la scène française pour la première fois.

Il faut avouer cependant que l'auditoire de Louis était différemment impressionné. Les yeux de la mère et ceux des deux jeunes filles brillaient d'admiration; Jean, le frère cadet de Louis, écoutait d'un air ébahi, en se disant : Je n'y comprends rien; mais ce doit être bien beau ! La petite Thérèse s'était profondément endormie, la tête appuyée sur les genoux de sa mère. Le père Marcel, les yeux baissés et la lèvre soulevée par un sourire ironique, fumait sa pipe sans dire un mot, sans faire la moindre réflexion.

Louis, du reste, n'aurait pas songé à les écouter; il allait, il allait toujours sans s'arrêter aux points ni aux virgules s'il en avait mis. Quand il arriva au dénoûment, les femmes fondirent en larmes.

C'est qu'en vérité Louis avait employé tout son talent à faire une capilotade de tous ses personnages: les deux fiancés se laissaient mourir de faim; les père et mère étaient enlevés par un saisissement : le reste était de cette force.

— Eh bien! dit Cat à son mari quand ils

furent seuls, doutes-tu encore que notre fieux ait
une fortune entre les mains ?

— Il en aurait une plus sûre en poussant la
charrue qui repose sous ce hangar, répondit
Marcel. Mais enfin, puisque c'est l'avis de M. le
curé, et que vous le voulez tous, qu'il parte......
Mais voici, à ce sujet, mon premier et mon dernier mot :

Je donnerai à mon fils ce qui lui reviendrait
après ma mort. S'il le dépense en folies, qu'il
ne songe pas à m'en demander davantage ni à
revenir à la maison. Je ne le maudis pas, à
Dieu ne plaise ! mais je sens que je ne pourrais
pas vivre avec un bel esprit ; le bon sens est
seul nécessaire pour faire un bon cultivateur.

Comme tous les enfants qui se croient supé-
rieurs à leurs parents, Louis se disait que son
père était tout simplement incapable de compren-
dre qu'on peut tenir une fortune au bout de sa
plume.

Cependant il pleura beaucoup en quittant sa
famille ; mais il promit qu'il reviendrait bientôt ;
et il pensa que son père, quoi qu'il en dît, serait
fier de l'avoir pour fils.

Arrivé à Paris, Louis descendit chez son oncle,
qui tenait une petite boutique de traiteur à côté
des boulevards. Là venaient dîner de pauvres

auteurs qui n'avaient que le bout du pied placé sur le premier échelon de la renommée; vauriens finis, qui riaient de leurs œuvres et de leur misère; bons garçons dans le fond, mais à qui il fallait de l'argent pour s'amuser et de l'amusement pour vivre.

Du premier moment ils saisirent le caractère confiant et orgueilleux de Louis; ils comprirent avec quelle facilité le pauvre garçon serait dupe des autres comme de lui-même; et, sans trop de mauvaises intentions peut-être, ils se promirent de s'en amuser.

Louis, malgré les conseils de son oncle, leur confia qu'il avait de l'argent; il ne tarda pas à payer bien cher le plaisir de s'entendre comparer à Dumas ou à Victor Hugo : on lui prédit même de plus éclatants, de plus durables succès. La louange est un miel si doux à déguster, que, plus les éloges que recevait Louis étaient exagérés, plus ils lui semblaien mérités.

Les flatteurs de Louis se faisaient donner des repas, où ils invitaient les artistes qui devaient, assuraient-ils, jouer dans la pièce de Louis. Puis c'étaient chaque jour de nouveaux amis, de nouveaux admirateurs qu'on lui présentait. Il payait pour tous, et croyait leur devoir encore de la reconnaissance. Louis s'était fait habiller à la mode. Sa figure douce intéressait; il savait cacher son orgueil sous une feinte modestie, qui plaisait d'autant plus qu'elle annonçait la méfiance de soi-même.

Un accueil si favorable, qu'il croyait devoir à son seul mérite, finit par tourner la tête au pauvre Louis. Et quand un de ses bons amis vint lui annoncer qu'il avait obtenu pour lui un tour de faveur, et qu'il pourrait lire sa pièce au comité d'un petit théâtre du boulevard, Louis sentit son cœur se gonfler de tant d'orgueil et de joie, qu'il oublia presque entièrement qu'il était arrivé à la fin de ses dernières pièces de cent sous.

Tous ses nouveaux amis voulurent assister à son triomphe; ils obtinrent, contre l'usage, d'être présents à la lecture faite au comité.

Louis se présenta si convenablement qu'il intéressa tout d'abord ses juges; et comme on avait malignement répandu le bruit que c'était un chef-d'œuvre qu'on allait entendre, ils étaient tout disposés à accueillir l'ouvrage du jeune auteur. Mais bientôt ils eurent beaucoup de peine à garder leur sérieux ou à cacher leur impatience.

Louis ne connaissait pas le monde, et il avait voulu le peindre; il s'était inspiré de toutes les mauvaises lectures modernes, et il était impossible

d'entendre un galimatias plus boursouflé et plus
ridicule.

On lui dit qu'il recevrait le lendemain le résul-
tat du jugement du comité. Il sortit avec ses
amis; car il pouvait encore payer un dîner de
réjouissance et d'espoir. Aussi cette journée fut-
elle donnée à la joie; et la nuit il rêva qu'on lui
jetait des couronnes et qu'il était rappelé avec
fureur sur le théâtre.

A son réveil, il était refusé; honteusement
refusé!...

O désespoir! Louis attendait des conseils et
des consolations de ses amis; aucun d'eux ne
parut : il fut les chercher où ils se réunissaient
ordinairement; tous lui rirent au nez, et lui con-
seillèrent de retourner à ses moutons.

La leçon était cruelle. D'abord Louis la re-
poussa; il se dit qu'on ne l'avait pas bien jugé;
qu'il était trop jeune, peut-être, que plus tard il
ferait mieux. Mais quand il n'eut plus de flatteurs
autour de lui, la raison reprit son empire. Il
avait mandé à sa famille qu'on allait jouer sa
pièce; qu'il était sûr d'obtenir le plus brillant
succès. Il n'osa écrire la vérité. Il pensa aussi
qu'il serait trop malheureux s'il restait à Paris,
exposé à rencontrer les cruels flatteurs qui
s'étaient moqués de lui.

Louis refusa donc de rester avec son oncle qui lui offrait de le garder; il vendit les habits qu'il s'était fait faire, et, léger de bagage et d'argent, il quitta Paris. Mais il ne revint pas chez son père; il le connaissait assez pour être convaincu qu'il ne lui pardonnerait pas. Il savait qu'un gros fermier, qui demeurait à deux lieues de là, avait besoin d'un garçon de ferme; c'était une place dure, mais lucrative : Louis la demanda et l'obtint.

Il vit seulement une fois sa mère en secret. La pauvre femme pleura toutes les larmes de son cœur, elle lui promit d'obtenir sa grâce; hélas! Marcel fut inflexible.

Mais si Dieu punit les enfants rebelles, il punit aussi les pères trop sévères, Marcel fit une chute, et se cassa le bras. Sa femme le conjura de rappeler Louis.

— Non, non, répondit-il, l'orgueilleux croirait que j'ai besoin de lui!

Heureusement son fils revint de son propre mouvement; il entra, posa un sac d'argent sur le pied du lit de Marcel, et dit respectueusement :

— Mon père, je vous rapporte l'argent que vous m'aviez donné; je l'ai gagné en travaillant, et je viens vous demander d'être votre premier garçon de labour.

— Que ferais-tu si je te laissais cet argent ?
demanda le père.

— J'achèterais la pièce de luzerne qui est à
côté de la vôtre.

— Alors reste avec nous. Tu comprends maintenant que le paysan ne doit demander sa fortune
qu'à la terre qui le nourrit. Mais ta tragédie ?

— La voilà, mon père.

Et Louis la jeta dans la cheminée, où brûlait
un feu ardent qui l'eut bientôt consumée.

Marcel lui tendit les bras en disant :

— Tu as vaincu ta vanité, c'est bien ! ton père
et Dieu te béniront.

Madame CAMILLE BODIN.

FIN.

TABLE

—

FIN DE LA TABLE.

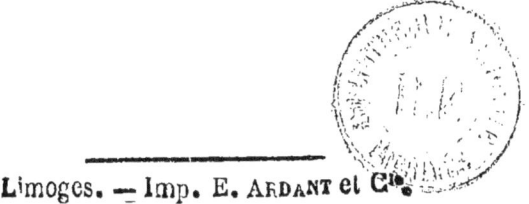

Limoges. — Imp. E. Ardant et Cie.